威利在哪裡？這本書屬於：

_____

_____

嘿！威利迷們，這五個勇敢的旅行家出現在每一幅場景裡。你能找到他們嗎？

奧德　白鬍子巫師　溫達　汪汪　威利

在每一幅場景裡，這些旅行家還掉了一些重要的東西，你也能找出它們嗎？

威利的鑰匙　汪汪的骨頭　溫達的照相機

白鬍子巫師的神祕卷軸　奧德的望遠鏡

威利在哪裡？驚奇魔法書

文‧圖｜馬丁‧韓福特 Martin Handford

譯｜劉嘉路

責任編輯｜蔡珮瑤　美術設計｜蕭雅慧

行銷企劃｜魏君蓉、高嘉吟

天下雜誌創辦人｜殷允芃　董事長兼執行長｜何琦瑜

媒體暨產品事業群

總經理｜游玉雪　副總經理｜林彥傑　總編輯｜林欣靜

副總監｜蔡忠琦　版權主任｜何晨瑋、黃微真

出版者｜親子天下股份有限公司

地址｜台北市 104 建國北路一段 96 號 4 樓

電話｜(02) 2509-2800

傳真｜(02) 2509-2462

親子天下網址｜www.parenting.com.tw

讀者服務專線｜(02) 2662-0332

傳真｜(02) 2662-6048

客服信箱｜parenting@cw.com.tw

週一～週五：09:00~17:30

法律顧問｜台英國際商務法律事務所‧羅明通律師

總經銷｜大和圖書有限公司

電話｜(02) 8990-2588

出版日期｜2014 年 10 月第一版第一次印行

2024 年 7 月第二版第十次印行

定價｜350 元　書號｜BKKTA034P

ISBN｜978-986-93179-3-1（平裝）

訂購服務

親子天下 Shopping｜shopping.parenting.com.tw

海外‧大量訂購｜parenting@cw.com.tw

書香花園｜台北市建國北路二段 6 巷 11 號

電話｜(02) 2506-1635

劃撥帳號｜50331356 親子天下股份有限公司

立即購買 >

WHERE'S WALLY?

威利在哪裡？

驚奇
魔法書

馬丁·韓福特 Martin Handford 著　劉嘉路 譯

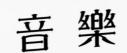
從前從前
有一本書……

嘿，各位威利迷們，看看這些精采的書！書裡的人物角色全都從書頁裡跑出來了！哇，這場面就像是做夢一樣呢！書裡的場景全變成真的，太棒了！右頁上方的那本書是我旅行中經歷的故事。汪汪、溫達、白鬍子巫師和奧德也都有屬於他們自己故事的書。現在，如果你們能找到我們，就可以和我們一起進入這些精采的書裡旅行！我最喜歡某本書的一幕場景，你絕對猜不出來為什麼那一幕會如此特別。我已經把書籤夾入那個場景，等我們旅行到那個場景時，你就會發現了。威利迷們，現在就開始來找我們吧。後面還有更多的驚喜等著你們去發現！

威利

搜尋任務即刻開始！請在每一本書裡面找到這五個旅行家！
- 找出威利，他喜歡四處旅行。
- 找出小狗汪汪，牠喜歡搖尾巴。
  （你也只能看見牠的尾巴！）
- 找出溫達，她喜歡照相。
- 找出白鬍子巫師，他很會唸咒語呢！
- 找出奧德，我們必須說他的優點實在非常……少。
- 哇！你們真厲害！接下來還要找出一個在每個場景都會出現的角色（除了最後場景以外）。

等等，任務還沒完成呢！
接下來，要幫這些旅行家找出他們遺失的重要物品！

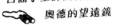

- 威利的鑰匙
- 汪汪的骨頭
- 溫達的照相機
- 白鬍子巫師的神祕卷軸
- 奧德的望遠鏡

鬧翻天的水果大戰

嘩，你們看過哪個地方有這麼多水果嗎？這數量真是驚人！想像一下，搭乘檸檬船飄流在橘子汁河，是多甜蜜的事啊！不過，威利迷們，小心囉！蘋果的脾氣變得很暴躁，開始攻擊其他水果了。咻——開戰了！河當中有果醬流動，香蕉橋上則有水果在扭打。草莓全身上下都灑滿了糖。呼，這還真是一場鬧翻天的水果大戰！

超級遊戲大賽

四組人數眾多的隊伍來參加史上規模最大的遊戲大賽。裁判們專心的盯著比賽會場，看看有沒有任何人犯規。在起點和終點線之間，布滿了許多迷宮、拼圖、陷阱和數學測驗的遊戲關卡。眼看綠隊幾乎就要贏得比賽了，而橘隊根本就還沒出發呢！

你找得到唯一到達終點的橘隊選手，以及唯一還在起點的綠隊選手嗎？

夜晚的光線戰爭

看啊!一道道的光線好明亮,五光十色的裝飾簡直讓人看呆了!看看這些燈塔把夜空都照亮了。糟糕,怪獸們想要撲滅燈光!牠們從四面八方發動攻擊,水手們把粉紅色的黏液噴出去,怪獸們卻立刻噴出綠色黏液反擊!黏巴巴的黏液噴來噴去!等一等,有三個怪獸噴出了不同顏色的黏液耶!威利迷們,你們能找出來嗎?

忙碌的蛋糕工廠

威利迷們可以大飽口福了！聞聞看，那些烘焙中的蛋糕發出了香味！看到蛋糕上的美麗裝飾，口水是不是快流出來了？你們可以找出形狀像茶壺的蛋糕、像房屋的蛋糕、還有一個高得不得了的蛋糕，爬上蛋糕的人都可以直接舔著吃！左看右看全是蛋糕，棒極了，只能説真、是、太、好、吃、了！看哪！從屋頂滴下了糖霜和閃亮亮的櫻桃！那裡就是工廠主管們工作的地方，不過，他們是不是已經失去控制了啊？

樂隊大對抗

碰，碰，咚咚咚咚碰碰！你聽過這麼快速的打鼓聲嗎？或者是聽過讓耳朵快裂開的響亮喇叭聲？叭叭叭叭嘟嘟！由樂隊隊員組成的龐大隊伍，在音樂城堡聚集。站在表演台上的樂手不斷被推擠！有些人還爬上了音符組成的階梯！真是熱鬧。不過，有件事很奇怪，他們全都打扮成動物的模樣。看見大象、棕熊、鱷魚和鴨子了嗎？他們也變得狂野而古怪，就跟他們瘋狂的音樂一樣呢！

前進恐怖的
奧德沼澤

勇敢的「帽子軍隊」正要經過這個讓人害怕得發抖的沼澤，數百個奧德和黃黑色交雜的沼澤生物正在沼澤底下製造一大堆的麻煩！真正的奧德站在離他遺失的望遠鏡最近的地方。有X光電眼的威利迷們，你們能發現他嗎？你們能找出「帽子軍隊」總共有

幾種不同的帽子嗎？噗唧！噗唧！他們的腳必須踏進黑黏黏的泥巴裡，我真高興自己現在沒在那裡！

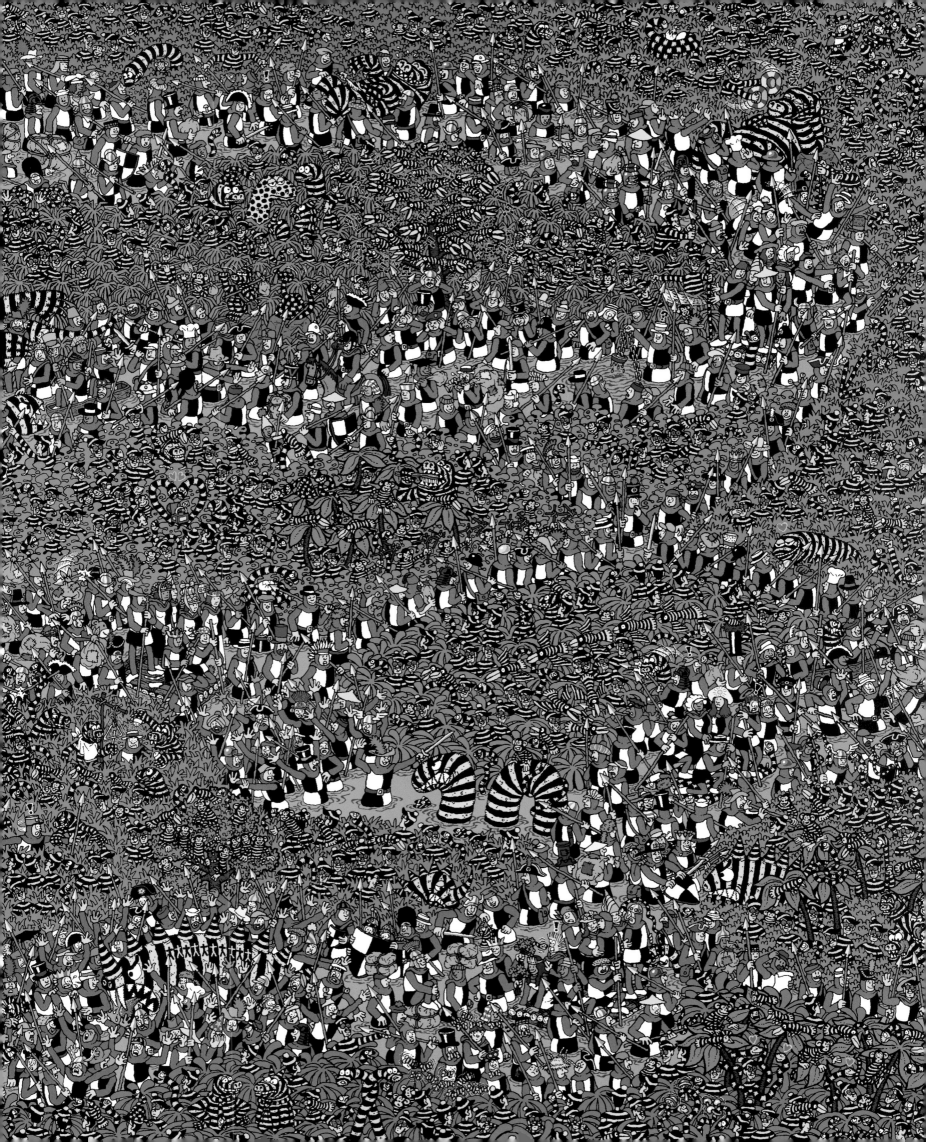

小丑歡樂城

威利小丑們，伸出你們的雙腳，踏踏踏！拍擊你們的雙手，啪啪啪！你們就要進入歡樂的繽紛世界！這裡有上百個小丑在惡作劇、表演各種整人花招。看看這些色彩鮮豔的小丑服，戴著絨球高帽子，還有紅通通的閃亮大鼻子！嘟嘟！一輛吐著舌頭的汽車開過來了！叮鈴！有輛腳踏車的輪子竟然是正方形的！哈哈哈，住在小丑歡樂城真開心！嘩啦啦！噗滋！我只希望躲開會噴水的怪怪花和突然飛過來的甜酥派！

七彩繽紛的美麗花園

哇，這花園多麼繽紛、多采多姿啊！所有的花盛開著，上百個園丁忙碌的澆水、照顧它們。園丁們身上穿的花瓣服裝看起來就跟真花一樣呢！花園裡也有種植蔬菜唷，你們能找出幾種不同的蔬菜？威利迷們，往空中聞一聞，

聞聞那奇妙的香氣！讓你們的眼睛和鼻子好好享受這超級棒的自然美景！

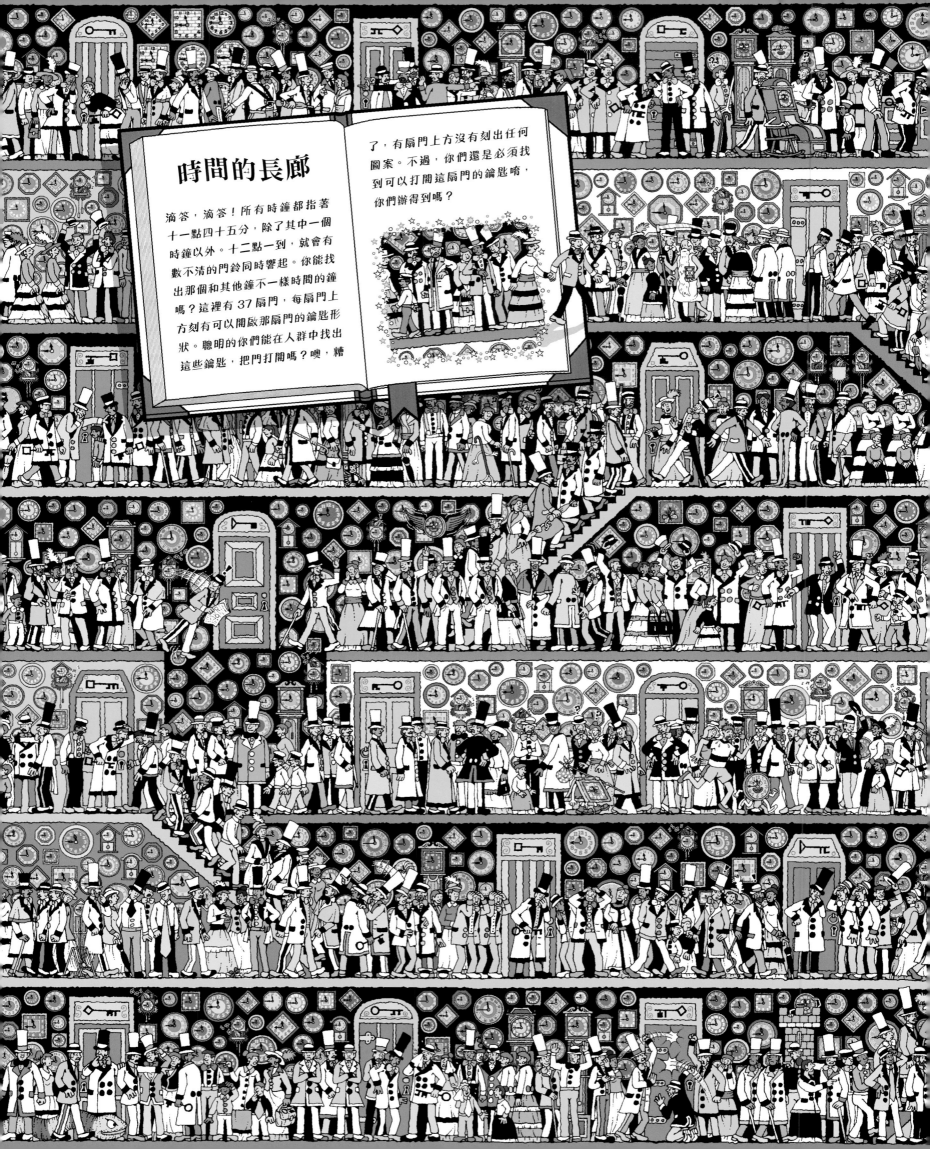

時間的長廊

滴答，滴答！所有時鐘都指著十一點四十五分，除了其中一個時鐘以外。十二點一到，就會有數不清的門鈴同時響起。你能找出那個和其他鐘不一樣時間的鐘嗎？這裡有 37 扇門，每扇門上方刻有可以開啟那扇門的鑰匙形狀。聰明的你們能在人群中找出這些鑰匙，把門打開嗎？噢，糟了，有扇門上方沒有刻出任何圖案。不過，你們還是必須找到可以打開這扇門的鑰匙唷，你們辦得到嗎？

汪汪的
狗狗世界

嘿，這裡的狗全都打扮得跟汪汪一樣呢。汪汪汪！在這裡，狗狗才是主人唷！這裡有豪華的狗狗旅館，附有骨頭形狀的游泳池。在汪汪運動場裡，有一堆汪汪追著裝扮成貓、香腸和郵差的服務生！威利迷們，書籤就在這一頁！你們現在知道了，這就是我最喜歡的場景。在這裡可以看見汪汪的全身，而不光只是一條尾巴而已。但你們能找出真正的汪汪嗎？牠是唯一尾巴上有五道條紋的汪汪。這裡還有另一個挑戰，從每一個場景開始，都有其他旅人

加入我們，總共有 11 個！你們能找出他們嗎？你們知道他們各自是從哪個場景加入的？最後，你們還能在他們出現後的每個場景找出他們嗎？加油囉，威利迷們，祝你們玩得開心！

WHERE'S WALLY?
威利在哪裡?
驚奇魔法書
尋找任務

還有很多東西等著眼尖的
威利迷們找出來!

從前從前有一本書

- 特洛伊的海倫和頭頂著巴黎鐵塔的帕里斯王子
- 捧著《叢林之書》的吉卜林
- 法蘭西斯爵士和他的公鴨
- 瘋子比爾在打嗝
- 在購物的人頭馬怪
- 韓德爾的水流音樂
- 在清洗一公噸法碼的喬治華盛頓
- 拿著梳子的長髮公主
- 拿著兩根叉子的蓋伊
- 拿著螺帽、糖果和鞭炮的柴可夫斯基
- 戴著圓形頭套的圓顱黨基
- 畢德哥拉斯和頭上頂著方框的河馬
- 在抖動長矛的莎士比亞
- 佩戴兩把劍的杜莎夫人和一尊蠟像
- 分送餅乾的蓋瑞鮑迪
- 南丁格爾和鳥籠裡的夜鶯
- 清教徒父親和他們的嬰兒
- 戴著廚師帽正在攪麵團的庫克船長
- 右手煎著哈姆蛋，左手拿著骷髏頭的哈姆雷特
- 拿著重型卡車的傑森
- 吹口哨的惠斯勒在畫母親的肖像
- 愛心皇后請人吃愛心餅乾
- 手上拿著要寄到蓋茲堡信件的林肯總統
- 穿著長靴的貓
- 兩名用玫瑰打鬥的騎士
- 拿著威靈頓靴子的威靈頓公爵

鬧翻天的水果大戰

- 兩盒標示年分的椰棗
- 一雙寫著年分的手掌
- 「一天一蘋果，醫生遠離我。」
- 6隻頂著柳橙的海軍
- 帆船上的4個柳橙造型藍海軍
- 戴著藍色貝雷帽的藍莓
- 背著綠色香蕉的香蕉
- 正在爬樹上的蘋果
- 3個人小丑
- 坐在鐵籠裡漂浮的水果
- 拿著鏟子的小紅莓
- 1顆柳子吐出手打翻推車上的蘋果
- 戴著香蕉的蔚師
- 長著香蕉的青蘋果蔚師
- 在煮東西的青蘋果長老
- 正在倒酒的小紅莓長老
- 7顆氣到冒煙的櫻桃
- 3隻背著莓果的鵝
- 裝了一堆蘋果的紙盒
- 站在梨子樹上的公雞
- 尾巴長了水果的山鳴
- 被切成兩半的桃子
- 外號叫做「大蘋果」的嬰脚氣青蘋果
- 1個沒有帽子的爪子
- 2隻想偷水果的爪子
- 一群水果在了雕獎滿蘋果的

前進恐怖的奧德沼澤

- 2個裝扮成奧德的士兵
- 戴著圓頂果帽的士兵
- 戴著埋圖的士兵
- 會伸出手來騎馬的馬術頭盔
- 戴著吸管草帽的士兵
- 幾個戴著黃色蛋裝飾品的士兵
- 2個拿著橄欖球的士兵
- 幾個復活節橄欖球頭盔的士兵
- 2個躲在1個小盾牌旁邊
- 2個躲在大盾牌在1個小盾牌的女生
- 1個大盾牌上1個圖案帽子的士兵
- 戴著太陽圖案帽子的士兵
- 帽子上插了兩根羽毛的蛇
- 一群站著戀愛的蛇
- 5條在談戀愛的蛇
- 7個木筏
- 3艘小木船
- 4個鳥巢
- 偽裝成士兵的奧德
- 偽裝成打條紋的沼澤生物
- 身上沒打牙的怪獸
- 正在刷牙的吃醒的怪獸
- 即將被吃掉漂浮的士兵
- 坐在包裹上面漂浮的巨大怪獸
- 腦袋很迷你的的巨大怪獸
- 隨著魔音起舞的蛇
- 5根隨著魔音扭動的蛇
- 正在讀書的蛇

小丑歡樂城

- 在看報紙的小丑
- 星星圖案的小丑
- 拿著藍色茶壺的小丑
- 1條在漏水茶壺的小丑
- 雙臂上各套著兩條圓環的小丑
- 拿著望遠鏡看東西的小丑
- 2個拿著大槌子的小丑
- 提著一袋派對小禮物的小丑
- 2個抱著花盆的小丑
- 拿著枕頭種舞的小丑
- 拿著梳子梳理屋頂的小丑
- 被許多氣球包圍的小丑
- 同時對著小丑噴水的小丑
- 戴著「彈跳小丑」噴水的6朵花
- 3輛車
- 3個澆花器
- 拿著釣魚竿的小丑
- 連接兩個小丑的1頂帽子
- 準備用彈弓射出甜酥派的小丑
- 一群穿著彩色花朵圖案小丑服的小丑
- 3個提著水桶的小丑
- 玩溜溜球的小丑
- 一腳踩進甜酥派的小丑
- 17朵雲
- 腳被捶壞的小丑
- 綠色鼻子的小丑

七彩繽紛的美麗花園

- 插著德州國旗的黃玫瑰花盆
- 花盆和花床
- 飛行中的奶油和抹刀
- 種植燈泡種子的園丁們
- 花園托兒所
- 在浴缸裡洗澡的鳥兒、在餐桌上吃東西的鳥兒
- 長出房子花的盆栽、穿透牆壁的花朵和藍鈴鐺花圃
- 時髦的獅子、藏在花叢裡的老虎、咬著手套的狐狸
- 貼OK繃的菜、長出信封葉子的植物、咬著花的牧羊犬
- 刺蝟和草叢裡的豬
- 花朵柵欄和花朵舞台劇
- 花朵舞台上的青蛙
- 站在水牛上的蚯蚓
- 爬在地球儀上的蚯蚓
- 裝滿車輪的單輪推車
- 一群打板球的蟋蟀
- 稻草人和幾隻驚訝的小鳥
- 坐在蜂巢旁的蜂后
- 風景畫園丁
- 印有太陽圖案的電話在一個日咎旁邊
- 甲蟲樂團在表演
- 1間溫室和1棟樹屋
- 彈跳的洋蔥和噴水的蔥
- 2隻推開門的老鼠
- 由蘋果長成的樹
- 哭泣的柳樹和攀爬的玫瑰
- 池塘裡的撞球檯

時間的長廊

- 時鐘伸出手攻擊數字12
- 長出人臉圖案的時鐘
- 幾個有布穀鳥跳出來唱歌的時鐘
- 1顆捧著沙漏的雞蛋
- 很少的鬧鐘
- 扛著包裹旅行的鐘
- 跟人賽跑的時鐘
- 捧著羅馬數字的時鐘
- 飛行中的鐘
- 裝滿分秒的玻璃沙漏
- 快要掉下樓的人
- 帶著大鑰匙走路的時間老人
- 坐在搖椅上的老爺爺時鐘
- 會走路的柺杖
- 36對長得幾乎一樣的柺杖
- 一對真正一模一樣的雙胞胎
- 褲子吊帶被雨傘勾住的人
- 在盪鞦韆的鐘擺
- 2個外套下體綁在一起的人
- 1扇橫躺的門和13個橫躺的人
- 1頂非常高的大禮帽
- 1座日咎
- 1把互勾的雨傘
- 從布穀鐘身上跳出來的時鐘
- 2根纏在一起的柺杖

超級遊戲大賽

- 一些階梯形狀的手提箱
- 從迷宮裡長出的玉米
- 1個在生氣的玉米
- 飛行的階梯
- 1張正在讀書的地圖
- 用擀麵棍滾壓骰子的選手
- 1條長出腳走路的繩索
- 帶著地圖和圓圈走路的選手
- 擲出「6」的選手
- 沒有戴手套的選手
- 1只遺失的手套
- 另1只遺失的手套
- 1片被拿走的拼圖片
- 數學很糟的數學家
- 8把鏟子
- 29個圓圈
- 2罐油漆
- 1名士兵衣服上的問號上下顛倒
- 拿著綠色積木的藍隊選手
- 5名手臂交叉抱在胸前的裁判
- 2名拿著手帕擦眼淚的選手
- 冒煙的報紙的選手
- 3名怕癢的選手
- 8個瓶中信

玩具總動員

- 2個在旋轉的陀螺和1個在紡紗的陀螺
- 站在盒子裡的玩偶傑克（JACK）
- 放在盒子裡的撲克牌J
- 被塗油漆的玩具兵
- 穿長裙的玩具兵
- 手拿玩具電槍的玩具警察
- 開著坦克車的魚
- 4個嬰兒奶瓶
- 2個船貓
- 站在滑雪橇上的玩具偶
- 1塊黑色的板子
- 推著獨輪手推車的玩具偶
- 築在椅桿上的烏鴉巢
- 1個蘋果樹形狀的書擋
- 1座足球門
- 1本紅色大書
- 5本紅色大書的熊
- 坐在搖搖馬上的樂隊隊員
- 拿著鐃鈸的玩具樂偶在空中讓兩張椅子保持平衡
- 1名特技表演玩具偶在空中讓兩張椅子保持平衡
- 5架木頭梯子
- 1個披著紅白條紋圍巾的長頸鹿
- 1隻披著紅白條紋圍巾的海盜
- 抱著酒桶的玩具偶
- 一群爬上長圍巾的泰迪熊
- 披著綠色圍巾的泰迪熊
- 2隻在木舟裡的長頸鹿
- 拿著紅色盤子的機器人

夜晚的光線戰爭

- 幾盞街燈
- 檸檬圖案的燈
- 1艘正在划槳的小船
- 站在章魚頭上的貓
- 月亮上的燈
- 1群表演雜耍的燈泡
- 1棟比羽毛還輕的房子
- 寫著「MONDAY」字樣的燈
- 1艘在釣魚的船
- 畫在旗子上的落地燈
- 聖誕樹燈
- 1名輕量級的拳擊手
- 掛在星星上的燈
- 隧道口的燈
- 在浴缸裡洗澡的妖怪
- 汽車船
- 走在木板條上的水手
- 1塊跳入水中的木板
- 燃燒的蠟燭正在走路
- 在床頭邊的燈
- 站在木筏上的水手
- 1盞深藍色字母C
- 1盞中國紙燈
- 看著遠方的探照燈
- 睡覺中的怪獸
- 1面鏡子
- 4個用望遠鏡看東西的水手

樂隊大對抗

- 橡膠人樂隊
- 寫著數字40的鋼琴
- 1個水管組成的樂隊
- 樂手和樂器一起玩耍
- 扇子做成的摩天輪
- 扛著好幾袋電話的薩克斯風樂團
- 坐在顛簸上的樂隊
- 印在床單上的樂譜
- 樂隊成員跑贏他們的鼓
- 石頭人樂隊
- 2個水壺形狀的鼓
- 有著嘴巴圖案的管風琴
- 拿著西塔琴的管風琴
- 身上背著各式樂器的小小孩
- 印有法國國旗顏色的一人樂隊
- 形狀像酒桶的管風琴
- 幾支裝著蝴蝶結的法國號
- 幾個搖滾樂隊員坐在石頭上吃熱狗堡
- 3個和短號下棋的樂隊
- 拿著兩隻雞腿當鼓棒的鼓手
- 大象樂手抬著大行李箱
- 正在製作一套鼓具的樂隊成員
- 泥土坑裡表演的交響樂隊
- 風笛放進手提袋裡吹的風笛手
- 玩撲克牌卻被花豹樂手矇住眼睛的樂器

忙碌的蛋糕工廠

- 運送蛋糕的海灣
- 輸送帶
- 1個丹麥甜酥餅
- 2個薑餅人餅乾
- 1個吹著奶油號角的工人
- 2個楓葉形狀的楓糖獎
- 滴出楓糖又生氣的十字圓麵包
- 3個穿著禮服的瑞士捲
- 1個瑞士人在滾動瑞士捲
- 1個蛋糕上有許多平底鍋
- 1個嬰鹿巧克力
- 1個餡餅派在打拳擊
- 2個餡餅派在打拳擊
- 蘋果端著魚蛋糕
- 黑森林大蛋糕
- 1條魚端著魚蛋糕
- 戴擊石頭做成蛋糕
- 1組不同的螺帽
- 1個放在母鹿身上的螺帽
- 阿拉斯加雪糕大軍備戴送布丁
- 端著蛋糕的仙子精靈
- 漂在河上的巧克力派
- 上下裝反的紅蘿蔔
- 端著蛋糕的紅蘿蔔
- 海星形狀的蛋糕
- 1名被裝進蛋糕盒裡的工人

汪汪的狗狗世界

- 狗形狀的餅乾
- 站在山上的狗
- 搧著扇子散熱的「熱狗」
- 一輛汪汪狗巴士
- 裝著狗的籃子
- 2個在游泳的旅行箱
- 正在照顧羊群的牧羊犬
- 身上戴著鐘的忠狗
- 坐在牛背上的鬥牛犬
- 體型巨大的大丹狗在跳水
- 守門的警衛狗
- 穿著潛西裝的狗
- 3件在游泳的泳衣
- 戴紅色項圈的狗
- 戴黃色項圈、藍色名牌的狗
- 戴藍色毛線球帽的狗
- 正在玩陀螺的狗
- 叼著臘腸的臘腸狗
- 戴藍色項圈、綠色名牌的狗
- 打扮得像汪汪的貓
- 小小狗的游泳池
- 一群用雙腳站立玩球的狗
- 穿蘇格蘭衣的狗
- 2隻在按摩中的狗
- 偵探率著一路嗅探的偵探犬
- 22條紅白條紋的毛巾

★★★★★ 和星星面對面 ★★★★★

我們已經到達終點了，現在該要回到最開始的地方囉。
你們還記得這本書最前面兩頁有各種漂亮顏色的星星嗎？
你把左右兩頁對照看看，能夠找出10個不一樣的地方嗎？
還有，你能找出同樣都出現4次的星形和圓形嗎？

小丑的惡作劇

哈哈，一路跟著威利和他的朋友們走到最後一頁的
小丑真是太好笑了！
你們知道嗎，他在某個場景時，更換了他帽帶的顏色唷，
你能找出是在哪一個場景嗎？
他的帽帶又是換成了什麼顏色呢？